鬥嘴一班 ⑪
最佳女主角

卓瑩 著

新雅文化事業有限公司
www.sunya.com.hk

目錄

人物介紹

高立民

班裏的高材生，為人熱心、孝順，身高是他的致命傷。

文樂心
（小辮子）

開朗熱情，好奇心強，但有點粗心大意，經常烏龍百出。

江小柔

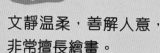

文靜溫柔，善解人意，非常擅長繪畫。

胡直

籃球隊隊員，運動健將，只是學習成績總是不太好。

第一章　最美好的回憶

　　初夏的一天午後，同學們如常地齊集禮堂，靜聽着羅校長的訓示。

　　羅校長那把低沉的嗓音，對於剛吃飽喝足的吳慧珠來說，無疑是最佳的搖籃曲。當她的眼皮低垂得快掉下來的時候，英文科主任楊老師忽然步上講台，朗聲地向大家宣布：「本年度的結業禮將會安排一場大型的英文話劇表演，所演出的劇目是非常有名的童話故事《白雪公主》。」

　　吳慧珠一聽到「白雪公主」四個

字，便立時像個被啟動的機械人似地
瞪大眼睛，神情專注地盯着楊老師。

　　楊老師接着說：「由於白雪公主
是整場戲中最重要的角色，為了能找
到最合適的演員，我們決定公開召募
女主角，歡迎有興趣的女同學參加選

拔。」

選拔賽的消息在女生叢中炸開了鍋般沸騰，男生們則只能悶悶地翻着白眼。

小息的時候，女生們仍然情緒高漲地討論着選拔賽的事情，坐在後排的黃子祺瞄了她們一眼，以酸溜溜的語氣嘀咕：「為什麼只有白雪公主選拔賽？難道白馬王子就不重要了嗎？」

高立民交叉着雙手，滿臉不在乎地歪着頭說：「算了吧，這種幼稚的玩意，我們男子漢才不稀罕呢！」

為免被嘲幼稚，黃子祺趕忙又改口道：「對對對，你說得對極了！」

　　公主式的童話故事勾不起男生的興趣，但女生們卻都躍躍欲試，其中又以吳慧珠表現得最為在意，以一副志在必得的模樣說：「我要參加選拔，我一定要當白雪公主！」

　　文樂心豎起大拇指讚道：「珠珠，我支持你！」

　　江小柔則以一種既羨慕又佩服的語氣說：「雖然我也喜歡白雪公主，但一想到要站在羣眾面前演出，我便膽怯了。珠珠，你真勇敢！」

黃子祺卻一臉不屑地修正：「小柔你用錯詞語了啦，她這種行為不是『勇敢』，而是『不自量力』！」

　　吳慧珠回頭朝他一聳鼻頭，帶點傲氣地道：「我早在幼稚園時便當過白雪公主了！」

　　黃子祺的鄰座周志明把她打量了一回，不相信地說：「騙人的吧？如果你是白雪公主，我相信白馬王子必定寧可繞道走呢！」

　　黃子祺一拍周志明的肩膀，嘻嘻笑說：「好兄弟，英雄所見略同啊！」其他男生也跟着哄然大笑。

吳慧珠氣得紅了臉，忍不住一挺胸膛道：「我才不像你們男生愛隨口亂說，我的話可都是有真憑實據的！」

　　「好呀，那請你拿證據來看看吧！」周志明呵呵笑道。

　　謝海詩看不過去，立刻挺身而出地反駁道：「你們是選拔賽的評判嗎？憑什麼問別人拿證據？」

　　黃子祺一歪頭，壞壞地笑道：「怎麼啦，你們是心虛了吧？」

　　吳慧珠見大家都不相信她，氣得咬牙切齒地説：「好，拿就拿，我可

是真金不怕火煉的呢！」

當天晚上回到家裏，吳慧珠把書包一扔，便風風火火地跑進自己的睡房。

她的睡房可真是漂亮極了，裏面的所有裝潢陳設，包

括睡牀、衣櫃、書桌、椅子以至四周的牆壁，通通都漆有以白雪公主為題的圖案，讓人宛如置身於夢幻的童話世界當中。

她一跑進來便迫不及待地打開粉紅色的衣櫃，逐個抽屜翻起來，可惜無論如何翻箱倒籠，卻始終找不到她想要找的東西。

「怪了，不久以前它還好端端地躺在抽屜裏的，怎麼會不見了呢？」吳慧珠疑惑地撓着頭，然後轉身跑出客廳大聲地喊：「媽媽，你有沒有見過我那套白雪公主裙子呢？」

　　正在廚房裏忙着的吳媽媽被她問得一頭霧水，皺着眉頭反問：「什麼白雪公主裙子？」

　　吳慧珠忙提醒她說：「就是在幼稚園畢業典禮上穿過的那件連衣裙子啊！」

　　吳媽媽這才恍然大悟地「哦」了

一聲，説：「那件裙子你早就不合身，前陣子收拾東西時，我已經把它捐到舊衣收集站去了！」

「什麼？」吳慧珠急得一跺腳，不滿地埋怨道：「媽媽，你怎麼能隨便把人家的東西丟掉的啊！」

吳媽媽一臉無奈地説：「我們家

就這麼一丁點大，衣服不合穿便當然得送走，要不然如何能添置新衣？」

「可是這件衣服是我最喜歡的嘛！」她說着說着，一雙眼睛竟不禁泛紅。

吳媽媽不明白她為什麼如此激動，只好盡力安撫她道：「傻孩子，

換衣服就代表你又長大了嘛，你應該高興才對，再不然媽媽改天給你買一件新的好了！」

「這不一樣！這不一樣！」吳慧珠知道無論怎麼說媽媽也不會懂，只好負氣地跑回睡房裏去。

小時候的她是個身材纖巧的小人兒，她還記得當自己穿着那件白雪公主裙子踏上舞台，迎着無數豔羨目光的那一刻，她是多麼的自豪。這條裙子代表着她過去的榮耀，也是她至今還津津樂道的美好回憶，可惜現在連這點回憶也沒有了。

第二章 一鳴驚人

　　翌日上學時，吳慧珠為免被黃子祺和周志明追問證據的事，她先躲在教室的窗外窺探情況，確定他們倆不在，才安心地急急閃身而入。

　　沒想到她還來不及回到座位，冷不防身後已經傳來他們一陣陰陽怪氣的笑聲，說：「早啊，我們的小公主，

我們等你很久了！」

　　吳慧珠嚇了一大跳，忙故作糊塗
地反問：「等我幹什麼？」

　　他們看穿她是在裝傻，於是乾脆
直截了當地說：「當然是要看你當白

雪公主的證據嘍！」

　　吳慧珠心虛地臉一紅，正想着該如何應對，幸得謝海詩剛好經過插嘴道：「珠珠為什麼非要拿證據給你們看不可？無聊！」

　　黃子祺沒理會謝海詩，只直直地盯着吳慧珠，嘲弄她道：「嘿嘿，我看你根本就是在吹牛吧？」

　　「我沒有！」吳慧珠委屈地喊。

　　「我們只相信親眼看見的事實，對不對？」黃子祺邊說邊向鄰座的周志明交換了一個心照不宣的眼神，然後嘻嘻哈哈地笑起來。

吳慧珠受不了他們的譏諷，竟衝動地往桌子上一拍，說出了一句連她自己也被嚇倒的話來：「好，你們就等着，我一定會把白雪公主這個角色拿下來！」

「一言為定，我們支持你！」黃子祺忙急急鼓掌讚好，班上的同學們見狀也跟着起哄地大聲嚷：「珠珠，加油！」

雖然吳慧珠下定了決心要參加選拔賽，但當她拿到比賽用的劇本，看着那些既冗長又生硬的對白時，她的信心瞬間動搖了。

她惶恐不安地向謝海詩求救：「海詩，你一定要幫幫我啊！」

謝海詩覺得奇怪，問：「你不是說你已經當過白雪公主了嗎？」

吳慧珠苦惱地搖搖頭說：「那

時我還是個幼兒生，在台上只要跳跳舞、唱唱歌就成了，哪像現在既要做表情又得唸對白啊？」

謝海詩白了她一眼，道：「誰叫你自己那麼沉不住氣？既然你已經在眾人面前誇下海口，我還能怎麼幫你？」

「現在距離選拔賽的初選還有兩個星期，不如你來幫我排練一下好嗎？」

謝海詩聳了聳肩，擺出一副愛莫能助的樣子道：「演戲我可是一竅不通，我能幫什麼忙？」

　　吳慧珠一邊陪着笑臉，一邊搖撼着她的手，苦苦哀求道：「別這樣嘛，你的英文不是也挺好嗎？你可以陪我一起唸對白啊！」

　　謝海詩拗不過她，只好勉為其難地答應：「好吧！」

　　這時文樂心和江小柔正好經過，

聽到了她們的對話，文樂心立時大表興趣地湊過來説：「排戲很好玩喲，我可以當小矮人嗎？」

「我也可以當那個惡毒的皇后啊！」江小柔也自告奮勇地説。

「太好了，能得到你們的幫助，一定可以事半功倍啊！」吳慧珠喜出望外。

由於時間緊迫，她們不敢怠慢，立刻按照老師預定的劇本正式進行排練。

雖然對白唸起來少不免有些生疏，但吳慧珠的嗓門很洪亮，英語發

音亦很標準，每一句都說得既字正腔圓又感情充沛，令人有一種公主親臨的錯覺。

一直坐在座位上當觀眾的胡直不禁對吳慧珠刮目相看，毫不掩飾地讚道：「想不到珠珠還真有兩下子啊！」

高立民也罕有地接口笑道：

不錯嘛，看她這個樣子，說不準還真能被選上呢！

專心排練的吳慧珠聽到他們的對話，心裏一陣甜滋滋地笑了。

對於吳慧珠這出乎意料的表現，黃子祺也很是詫異，但他仍然不以為然地一抿嘴說：「高興什麼？發音標準是演員最基本的要求，不是嗎？」

其實黃子祺也不過隨便說說而已，但本來就沒有信心的吳慧珠聽在心裏，頓時臉容一僵，扁着嘴巴洩氣地說：「海詩，我是真的不行嗎？我

是不是太不自量力了？」

　　「當然不是啦，你別聽他胡說！」謝海詩趕忙一邊安撫她，一邊回頭狠狠瞪了黃子祺一眼，怪責道：「你不支持她也就算了，怎麼能說這種傷人的話呢？」

　　文樂心也忍不住幫腔說：「珠珠你別管他，他就是愛胡言亂語！」

「不必擔心，你已經做得很不錯了，我相信你一定能入選的。」江小柔拍了拍吳慧珠的肩膊說。

其他同學也看不過眼黃子祺如此欺負人，頓時異口同聲地說：「珠珠，你要加油，你能入選是我們的榮耀，我們支持你！」

吳慧珠很受鼓舞，忙感動地點頭向大家道謝。

黃子祺見到吳慧珠沮喪的樣子，本來也有點過意不去，但當大家都指責自己時，他卻又有點不服氣：「哼，我倒要看看她到底有多大能耐！」

第三章 你是實力派

　　吳慧珠雖然仍然信心缺缺，但為了不辜負大家對她的期望，她每天午飯後都會拉着謝海詩、文樂心和江小柔一起努力練習，希望能在選拔賽中有好表現。

　　她們的排練漸漸惹起了其他同學們的興致，爭相要上前客串擔任皇后、王子或小矮人等小角色，雖然是鬧着玩，但大家都不自覺地對珠珠有了期望，希望她真的能為全班爭光。

　　到了初選的那一天，文樂心、江

小柔和謝海詩等同學們都比吳慧珠還要緊張，匆匆用膳完畢便簇擁着吳慧珠浩浩蕩蕩地來到禮堂，預備為珠珠打氣。

當他們來到禮堂的時候，裏面早已擠滿了來自各年級的參賽者，而負責是次選拔賽的英文科主任楊老師則站在舞台上，預備開始把第一號參賽者請上台。

謝海詩高興地道：「很好，珠珠的出場序是十三號，距離真正出場還有些空檔，可以藉此調整一下心情。」

這時，文樂心不經意地望向舞

台，見到一個十分亮眼的身影正步履
輕盈地向着台上走去，不禁詫異地說：
「唏，你們看，這個不就是鄰班的那
位校花張佩兒嗎？她不是向來都只愛
讀書嗎？怎麼這次居然會來參選？」

　　大家順着她的目光望過去，也無

不驚訝地說：「的確是張佩兒沒錯！」

　　張佩兒樣貌甜美、成績優秀是眾所周知的事，但沒想到她的英語發音也同樣出色，把台詞唸得字字鏗鏘，令台下的吳慧珠看得一陣心慌，哀歎連聲道：

我真不走運，竟然碰上張佩兒這樣的勁敵，我還能有勝算嗎？

謝海詩皺了皺眉，一臉大不以為然地道：「你怎麼總愛長他人志氣啊？她除了長得比較好看以外，其他的你也不見得就一定輸她，怕什麼？」

「沒錯，現在是在選演員又不是選美，況且今天只是初賽，老師應該只集中考驗大家的英語水平，以你的實力應該絕對沒問題的！」江小柔附和道。

終於輪到吳慧珠出場了。

剛站上舞台的那一刻，吳慧珠不免顯得戰戰兢兢，但當她看到文樂心等人賣力地為自己打氣的樣子，不安

的感覺便漸漸消退，開始投入演出之中，把應有的水準發揮出來。

珠珠的表現是意外的出色，當她表演完畢後，大家紛紛報以熱烈的掌聲，連楊老師也忍不住連連點頭。

吳慧珠從舞台上一下來，便迫不及待地拉着大家連聲追問：「如何？我的表現還行嗎？」

江小柔豎起大拇指，臉帶欣賞地說：「棒極了！」

文樂心也滿意地誇她：「在這些參賽者當中，我覺得你是最好的啦！」

吳慧珠聽得目光一亮，心裏正暗自高興，誰知旁邊的謝海詩卻毫不客氣地説：「最好？説不上吧？」

她頓時洩氣地「噓」了一聲問：

謝海詩沒答她，
只頑皮地笑着瞪她一
眼，才又慢條斯理地接
着說：「不過，如果
只想進入複賽名單，
絕對是沒問題啦！」

　　吳慧珠這才意識到她是在戲弄自
己，忍不住笑罵道：「你這隻海獅真
的很討厭，居然敢捉弄我？」

　　就在她們的笑罵聲中，楊老師已
經宣布了結果，總共有五位同學得以
進入複賽，而當中便包括了吳慧珠和
張佩兒。

當聽到楊老師讀出「吳慧珠」的名字時，即使只是旁觀的文樂心、江小柔和謝海詩也興奮得手舞足蹈，身為當事人的吳慧珠會有多欣喜，也就更是不言而喻。

第四章 美容大計

　　對於吳慧珠能順利進入前五強，班上的同學們都感到與有榮焉，她才剛跨進教室的門檻，同學們已熱情地圍上來向她祝賀：「珠珠你很厲害啊，要當女主角了呢！」

吳慧珠有些不好意思地紅了臉，連連擺手說：「不是啦，只是入圍而已，一個月後還得進行複賽呢！」

　　「我猜也八九不離十了吧？我們看好你啊！」

　　「對，女主角一定非你莫屬！」

　　「加油啊，我們支持你！」

當大家都滿腔熱血地鼓勵吳慧珠時，惟獨黃子祺擺出一副頭腦清醒的樣子在旁大澆冷水：「嘿，你們都未免太天真了吧？她的對手是鄰班的張佩兒，人家可是有校花級的美貌啊，有她在，哪兒還輪得到她這隻胖嘟嘟的小豬？」

剛在興頭上的吳慧珠剎時僵住了，文樂心見狀立刻替她駁回去：「現在是選演員又不是選美，可不是長得漂亮就行的！」

江小柔也忍不住為珠珠抱不平：「喂，黃子祺你這樣一而再，再而三地打擊珠珠，到底有何居心？難道你被鄰班收買了？」

「你別冤枉我啊，我只是以事論事而已！」黃子祺一臉無辜地攤攤手。

周志明搖頭晃腦地笑着說：「雖然大家都希望珠珠能獲勝，但也該理

智一點吧？我們這次演的是《白雪公主》而不是《西遊記》，你覺得老師會挑個胖胖的女生當白雪公主嗎？」

文樂心臉色一沉，道：「周志明你這是什麼意思？」

吳慧珠氣呼呼地瞪着周志明說：「你敢再說一個『胖』字試試！」

謝海詩也很不滿他們這樣嘲笑吳慧珠，但同時又覺得他們的話有幾分道理，於是開始客觀地分析起來：

「平心而論，如果只以演出的實力來說，我相信我們珠珠絕對不會比任何人差；但若是論外貌嘛，的確是略有不及。」

黃子祺見有人認同自己，頓時得意地揚了揚眉道：「看吧，我不是故意要針對她啊！」

同學們都失望地輕「唉」一聲，高漲的情緒瞬即冷卻下來。

文樂心沉思了片刻，眼睛伶俐地一骨碌，說：「那麼，如果我們幫珠

珠美化一下外貌，是否便有機會扭轉劣勢了呢？」

謝海詩剎時目光一亮，讚道：「喲，好主意啊！現在距離複賽還有兩個多星期，我們可以幫珠珠實行美容大計啊！」

得到她們的啟發，江小柔也想起點子來了：「我媽媽的護膚用品多不勝數，我可以負責幫珠珠做皮膚護理啊！」

大家立時又再燃起希望，文樂心

興致勃勃地搶着提議：「我家裏有一套很漂亮的白雪公主裙子，可以借給珠珠作比賽之用！」

另一位女生亦接口說：「我有一頂精緻的紅寶石皇冠，珠珠有了它，必定可以成為全場最耀目的公主呢！」

姑勿論他們的建議是否可行，單單看大家如此用心地為自己籌謀對策，已經令吳慧珠感動得淚眼汪汪，她聲音沙啞地說：「謝謝大家，我一

定會盡力而為，不會辜負大家對我的期望！」

　　說好了要為吳慧珠進行美容大計，文樂心、江小柔和謝海詩立刻坐言起行，第二天早上一踏進教室，便把正伏在桌上打盹的吳慧珠拽起來說：「珠珠，來，我們跑步去！」

「什麼？我不要！」吳慧珠嚇得連忙縮回座位上去。

謝海詩嚴肅地搖頭，以一臉不可違抗的神情說：「不行，你一定要去！」

文樂心和江小柔則在旁做好做歹地勸說：「珠珠，白雪公主這個角色

你不是志在必得嗎？你要打敗張佩兒便得加把勁啊！」

她們的熱心令吳慧珠無力招架，只好半推半就地跟着她們一起來到操場，一步一步地跑起來。向來缺少運動的她一旦動起來，自然會比別人吃力得多，再加上時值四月初夏，罩在頭上的太陽光已經相當猛烈，她跑不了幾步便已經氣喘吁吁、大汗淋漓，一張臉蛋兒漲紅得好像快要破裂開來。

黃子祺和周志明站在旁邊，吃吃地笑說：「珠珠，你還是先歇一歇吧，小心中暑啊！」

本已疲累不堪的吳慧珠不甘被他們看扁，只好咬緊牙關地繼續向前跑，不知不覺竟又多跑了好幾圈。

「珠珠，幹得好！」謝海詩笑着一拍她的肩膀，珠珠也滿意地笑了。

謝海詩又接着說：「好，今天到此為止，明天再繼續！」

吳慧珠笑容一僵，吃驚地張大嘴巴問：「不是吧，明天還要？」

謝海詩白她一眼道：「當然了，難道你以為跑一天就可以瘦身嗎？」

「救命呀！」吳慧珠一拍額頭，差點沒暈倒。

　　吳慧珠跑了一個早上，在家裏吃的早餐也跟着跑掉了，肚子一直「咕嚕咕嚕」叫，漢堡包、雞腿、薯條等

美食像走馬燈似的在她眼前晃來晃去，害得她整個上午都無法集中精神上課，好不容易終於等到午飯時間，當吳慧珠捧着餐盒取飯的時候，負責分配飯菜的謝海詩，竟故意把她的飯量調減了。

吳慧珠看着比平常少了兩成的飯量，詫異地問：「海詩，份量太少了，可以再多添一些嗎？」

「你不是在瘦身嗎？當然要減少食量了！」謝海詩頭也不抬地說。

吳慧珠撫着餓扁了的肚皮，可憐巴巴地懇求道：「哎喲，不要這麼嚴

格嘛，我今天跑步時已經消耗了很多能量，要好好補充一下才行嘛！」

　　可惜謝海詩完全不為所動，態度堅決地說：「不行，你這樣此消彼長，我們的努力豈不是都白費掉了？」

　　黃子祺幸災樂禍地偷笑道：

「嘿嘿，這就是愛美的代價囉！」

　　美食當前卻不能吃，對於吳慧珠這種饞嘴鬼來說，比起要她在操場跑上十圈還要難受。眨眼之間，她便把手上那大半盒飯菜吃個清光，卻捧着好像仍然空蕩蕩的肚子，貪婪地盯着其他還在吃飯的同學。

　　正當她快要憋不住的時候，文樂心和江小柔不知拿着什麼東西在她眼前晃了晃，說：「我們帶了些好東西給你呢！」

吳慧珠好不容易才把目光收回來，沒精打采地問：「這是什麼？」

江小柔揚了揚手上一片薄薄的包裝袋，笑嘻嘻地介紹道：「這是美容面膜，我媽媽經常用這個敷在臉上，聽說可以令肌膚白如雪，你快來試試吧！」

「真的嗎？」從沒敷過面膜的吳慧珠頓覺新奇極了，一下子也忘了吃，立刻接過小柔手中的包裝袋，翻來覆去地研究起來。

其他女生聞言也趕忙圍攏上來，爭先恐後地說：「我也要試！我也要

試！」

江小柔卻雙手合十地向大家抱歉地一笑，道：「真不好意思，這是媽媽的東西，不能多帶，我是專門為珠珠預備的。」

女生們只好一臉羨慕地站在一旁圍觀。

吳慧珠看了看大家，不禁有點難為情地說：「人這麼多，怎麼敷面膜啊？」

「跟我來！」文樂心神秘地笑笑，然後大踏步地走出教室，沿着走廊往位於盡頭的洗手間走，直至把她

們帶到洗手間後方的一塊小空地。

「這兒是我們的『秘密天地』，你大可安心在這兒敷面膜，保證不會有人發現。」文樂心篤定地說。

吳慧珠驚訝地打量着這片小天地，說：「哇，原來學校還有這樣一個地方，怎麼我都不知道呢？」

　　她邊說邊一屁股坐在水泥地上，

拆開面膜的包裝紙，把一片黏稠稠、

濕漉漉的白色布狀物體，鋪放在自己

臉上來，只僅僅露出眼睛和鼻孔。

　　潤濕的面膜透着一絲涼意，再加

上徐徐的微風吹拂，舒服得令吳慧珠有點昏昏欲睡，不知不覺便陷入了半昏睡的狀態，壓根兒忘了身旁還有文樂心和江小柔。

「哇，鬼呀！」一把驚叫聲把吳慧珠驚醒。

她抬眼一看，原來是高立民。

她還未及反應，旁邊的文樂心已經取笑高立民道：「哪兒來的鬼呀？她是珠珠啊，膽小鬼！」

高立民仔細一看，發現眼前這隻「白臉鬼」的確就是吳慧珠，不禁奇怪地問：「珠珠，你怎麼在扮鬼嚇人啊？」

　　吳慧珠還在敷面膜不好回話，文樂心便搶着替她答道：「你別少見多怪的，這叫做美容呢！」

　　「哦，原來如此！」高立民釋然地點點頭，但下一秒鐘他又突然想起什麼似地怒瞪着文樂心，以指責的口吻說：「小辮子，你不是答應過我會保守秘密，不會讓別人知道這兒的嗎？你不守信用！」

「糟了，我忘了！」文樂心吐了吐舌頭。這個秘密天地的確是高立民首先發現的，後來有一次文樂心誤闖進來，高立民便跟她約定了要保守秘密，沒想到自己竟一時大意忘記了。

文樂心自知理虧，只好陪着笑臉說：「對不起啦，大家都是好同學，別這麼斤斤計較嘛！」

高立民昂起鼻頭，仍然憤憤地輕「哼」一聲道：「誰要跟你這種大嘴巴當同學了？真不害臊！」

第六章 計劃失敗

　　敷面膜的感覺真不錯，敷完後的臉頰看起來好像真的雪白了不少，吳慧珠很想在比賽前再多敷幾遍，隔天晚上臨睡前，她禁不住偷偷取了一塊媽媽的面膜，躲在睡房裏敷起來。

吳媽媽見她久久沒有動靜，走進睡房一看，不禁啼笑皆非地說：「小毛孩皮膚白嫩嫩的，還敷什麼面膜啊？」

　　被媽媽撞破，吳慧珠有點不好意思，忙急急解釋道：「媽媽，我快要參加《白雪公主》話劇複賽了，同學們都在想方設法幫我進行美容大計，希望能以最佳的姿態去參賽呢！」

　　吳媽媽聽她如此一說，便不再多說什麼，只告誡她說：「美容並非一朝一夕的事，不必太刻意，否則會適得其反的。」

　　如此這般，吳慧珠每天都在同學們的督促下堅持着跑步、節食和美容，不知不覺兩星期過去了，她的體重卻絲毫沒有減少。她的信心開始動搖了。

　　一天早上起來，吳慧珠迷迷糊糊

地走進洗手間梳洗，當她抬頭往鏡子中的自己一望，不禁嚇得大聲尖叫起來。

吳媽媽趕忙跑過來問：「發生什麼事了？」

吳慧珠指着自己的臉頰，慘叫道：「媽，這些紅點是怎麼回事啊？」

原來她的臉上長出了一大片紅疹，吳媽媽一看便有些瞭然地道：「八成是那些面膜不適合你，導致皮膚敏感吧！」

「哎呀，下星期我便要參加複賽了，我這個樣子怎麼見人啊？」吳慧珠急得眼睛都紅了。

吳媽媽笑着安撫道：「別急，只要你立刻停止使用，紅疹過幾天便會自然消退的。」

　　「真的嗎？」吳慧珠這才破涕為笑。

　　雖然如此，但經過這幾番擾攘後，吳慧珠對她的美容大計徹底失望了，心裏想：「唉，所謂的美容大計根本全都不管用！不過這也是正常的，想要在短短兩星期便變漂亮，本來就是異想天開嘛！」

　　第二天回到學校，吳慧珠一臉正色地跟文樂心、江小柔和謝海詩宣

布說：「從今天開始，我決定不再為瘦身而跑步，也不再刻意節制食量了。」

　　「為什麼？你放棄參賽了嗎？」她們都詫異極了。

　　吳慧珠搖搖頭解釋：「並非我要放棄參賽，我只是覺得自己無論如何也不可能在外貌上超越張佩兒，倒不

如安安分分地練好表情和對白，説不定還會有機會憑實力突圍而出呢！」

她們見珠珠態度堅決，於是點點頭道：「好吧，既然如此，我們便陪你一起練習，盡力做到最好吧！」

「珠珠你要加油，我們無論如何也會支持你。」其他同學也出言鼓勵她，就連黃子祺也沒有再嘲笑她，只淡淡地對她説：「你一定要好好表現，千萬別丟我們班的面子啊！」

能得到大家的支持，吳慧珠安慰地笑道：「我一定會盡力而為的！」

第七章 艱難的抉擇

《白雪公主》話劇選拔賽複賽定在今天的午飯後進行，偏偏今天的膳食來得特別晚，為免遲到，吳慧珠只草草吃了幾口飯，便迫不及待地站起身來，預備趕到禮堂去。

「雖然機會渺茫，但無論如何我也要全力以赴，縱使當不成白雪公主，好歹也要讓大家見識一下我的實力，特別是那個可惡的黃子祺！」吳慧珠暗暗跟自己許諾。

吳慧珠才剛跨出教室，文樂心和

江小柔便從後趕上來，把一襲閃閃發
亮的白雪公主裙子和一頂紅寶石皇冠
塞進她的手裏，笑嘻嘻地說：「有了
這些裝備，保證你必定是全場最矚目

的一個！」

　　吳慧珠驚喜萬分地看着手上耀目
的服飾，感動得衝上前將她們倆一把
擁抱起來，連聲說：「心心、小柔，
　　你們太好了啊！」

　　　　有了漂亮的公主服
　　飾做後盾，吳慧珠霎時
　　信心大增，心情也隨之

輕鬆了不少，大
踏步地沿着樓梯
往位於五樓的大
禮堂走去。

時值午飯時間，很多人都還在教室裏用膳，沒有人擋在前路，吳慧珠的步速不經意地加快起來。

這時，她聽到身後有好幾把女聲在嚷嚷：「快點跑呀，要遲到了呢！」

吳慧珠扭頭一望，只見四位女生正急匆匆地從後跑上來，還來不及看清她們的樣子，她們便已經從她身旁繞過，轉眼便跑遠了，她只能從一眨眼間認出其中一位正是張佩兒。

她們一定是趕着去參加複選吧？吳慧珠正想着，樓梯上方突然傳來一把不尋常的驚叫聲。

　　吳慧珠心頭陡地一跳，忙三步併
作兩步地急奔而上，終於在四樓樓梯
的轉角處，發現一位低年級的小女生
正蹲在地上，嚶嚶地痛哭起來。

　　「你怎麼啦？」吳慧珠急忙上前
關心地問。

小女生一邊撫着自己的手肘，一邊往樓梯上方一指，憤憤地投訴道：「剛才那幾位姐姐把我撞倒了，我的手肘很疼！」

　　吳慧珠提起她的手肘一看，果然見到上面有一道長約 5 厘米的傷口正在滲血。

　　「哎喲，流血了！」吳慧珠大驚失色，忙不假思索地說：「妹妹別怕，

我立刻帶你去醫療室！」

　　她話剛出口，才想起自己還得趕去禮堂參賽，如果她先帶小妹妹到醫療室才再到禮堂，便勢必錯過了參賽的機會。她有些為難地往左右張望，想要找別的人來幫忙，可是偏偏附近的走廊和樓梯都仍然靜悄悄的沒有一個人。

　　「怎麼辦？我還得去禮堂參加選拔賽呢！」她焦急萬分。

小女生聽她這麼說，好奇地問：
「姐姐，你是說那個『白雪公主』選拔賽嗎？」

「嗯！」吳慧珠點點頭。

吳慧珠雖然很想參賽，但眼前這個小女生受了傷，她實在無法置她於不顧。

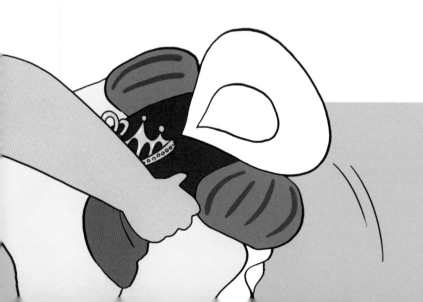

「算了，反正我的勝算也不大，還是先解決眼前的事比較要緊！」吳慧珠心想。

在權衡輕重後，她將手上的公主服飾往旁邊一放，對小女生說：「來，我帶你去醫療室！」

她一把將蹲在地上的小女生扶起來，帶着她沿着樓梯往回走，向着位於地下的醫療室走去。

當吳慧珠把小女生帶到醫療室，
匆匆把她交給了當值的老師，然後再
回頭跑到禮堂時，選拔賽早已經開
始，一位打扮得十分漂亮的女生，正
在台上投入地演繹着白雪公主這個角
色。

坐在台下觀戰的同學並不多，吳
慧珠一眼便看見班上的同學們，當中
包括文樂心、江小柔、謝海詩、高立
民、胡直甚至黃子祺等人都來了。不
過此刻的他們都只是一臉焦急地朝大

門口張望着，根本沒閒心欣賞演出。

　　「難道他們都是特意來捧我的場嗎？」吳慧珠既驚且喜。

是珠珠啊！

　　文樂心第一個發現了她，馬上氣急敗壞地跑上前，帶點怪責的語氣說：「珠珠，你跑哪兒去了，怎麼現

在才來呀？」

　　謝海詩也着急地催促她道：「楊老師剛才已經喊過你的名字，發現你沒來，便又改喊別人去了，你快過去跟她好好解釋啊！」

　　吳慧珠正要上前找楊老師，楊老師卻已經大步走過來，一臉不滿地對她說：「吳慧珠，怎麼你連複賽也遲到？證明你完全不重視這個比賽！」

吳慧珠心裏很是委屈，忙急急為自己辯白：「楊老師，對不起，我不是故意的，剛才我在路上碰巧見到有一位同學受了傷，我是為了帶她到醫療室才會遲到的。」

　　楊老師皺着眉問：

同學？
是哪位同學？

這個⋯⋯

老師見她對不上話，以為她只是在為自己的遲到找藉口，於是臉色一沉地說：「你的參賽資格已經被取消了，你走吧！」

吳慧珠不認識那位小女生，當然也就沒法說出她的名字，但她的遲疑落在老師眼中，卻成為了她撒謊的鐵證。

一時間，她真的是百詞莫辯。

她的眼眶陡地紅了，只呆呆地站

在原地，難過得話也說不出來。

　　文樂心和高立民等人站在旁邊看着這一切，心中也很替她感到難過，但既然老師說得如此斬釘截鐵，大家也無能為力了。

　　當楊老師正要轉身離開時，文樂心瞥見禮堂門口有一位怯生生的小女

生正不停地向他們這邊張望，而小女
生的手上捧着的，正是她借給吳慧珠
的裙子和皇冠呢！

文樂心「咦」了一聲，指着小女生驚訝地喊：「啼，你們看，珠珠的公主裙子在她手上啊！」

　　大家循着她所指的方向望過去，也都詫異地接口說：「的確就是文樂心借給珠珠的裙子呢！」

第九章 失而復得

　　本已打算離開的楊老師聽到他們的對話，好奇地駐足一看，果然見到有一位手捧衣服的小女生站在門前。

　　楊老師正欲上前查問，那位女生已經快步地來到吳慧珠跟前，把手上的裙子遞給她，一臉感激地說：「姐姐，剛才你幫我的時候，把衣服都落在樓梯上了，我估計你可能需要在參賽時使用，所以便把它送過來了。」

　　「謝謝你，不過裙子已經用不着了。」吳慧珠有點沮喪地盯着裙子，

96

「唉」的暗歎一聲，為自己始終無法再當一次白雪公主而惋惜。

忽然，楊老師走了過來，盯着小女生纏着繃帶的手問：「你的手怎麼了？」

小女生不慌不忙地解釋：

楊老師，沒什麼，我剛才在樓梯上摔傷了，幸得這位姐姐帶我到醫療室包紮傷口，現在已經沒事了。

原來吳慧珠沒有撒謊。楊老師看了吳慧珠一眼，説：「好吧吳慧珠，姑念你事出有因，我就破例給你一個參賽的機會，請你好好表現，別再讓我失望啊！」

吳慧珠有點不敢相信自己的耳朵，目光遲疑地望着楊老師，完全

反應不過來，倒是她身邊的同學們早已驚喜得「哇哇」地連聲歡呼。

　　她這才終於會意過來，眉開眼笑地應道：「謝謝楊老師，我一定會全力以赴的！」

吳慧珠語畢便立馬轉身，一
蹦一跳地向後台跑去，免得楊老
師會改變主意。

　　當大家再次見到吳慧珠的
時候，她已經換上了那件漂亮的
白雪公主裙子，頭上戴着紅寶石
皇冠，渾身閃亮生光地站在舞台
上。

好不容易才失而復得的機會，吳慧珠傾盡全力，一句句字正腔圓的英語透過她響亮的嗓子説出來，再配上臉部那恰到好處的表情，表現得比任何一次排練時都更出色。

江小柔目不轉睛地讚歎説：「珠珠真的很會演戲啊！」

文樂心也笑着道：「穿上公主裙子的珠珠，看起來也像模像樣嘛！」

目睹了吳慧珠這數星期的努力與進步，一直瞧不起她的黃子祺也漸漸對她改觀，但口頭上仍然忍不住冷言冷語地説：「這不過就是障眼法，演

出來騙人的！」

　　謝海詩冷笑一聲，不徐不疾地接口說：「即使是騙人，也證明她的演技的確了得，女主角的位置也就更是非她莫屬了！」

　　黃子祺頓時語塞，只好輕哼一聲道：「能不能當女主角可不是你說了算！」

不一會兒，吳慧珠表演完畢回到台下，楊老師不動聲色地跟大家說：「你們都先回去吧，結果會在幾天後公布。」

雖然吳慧珠沒法從楊老師木然的臉上猜出端倪，但以她平凡的外貌，她明白即使自己表現得再好，也絕對當不成女主角的。不過，這已經不再重要了。她剛才不是已經在同學面前當了一回漂漂亮亮的公主了嗎？能夠得到大家的認同，哪怕只是短短的一瞬間，她也心滿意足了。

第十章 吐氣揚眉

　　等待是一件最難熬的事情，不過是幾天的時間，吳慧珠已經覺得度日如年。她告訴自己很多遍，不要太看重結果，反正自己沒有什麼勝算。但為了此次選拔賽，她畢竟付出了很大的努力，實在很難做到漠不關心。

　　吳慧珠患得患失地等待了好幾天，直到這天下午周會時，楊老師笑意盈盈地站在講台說：「各位同學，相信大家都很好奇我們的英語話劇，將會由誰出演白雪公主這個角色

吧？」

　　剛才還在打盹的同學們都立即精神一振，特別是那些有份參選的女生，一個個都精神抖擻地側耳傾聽。

楊老師頓了頓，臉色一正地接着說：「白雪公主長得漂亮是人所共知的事情，但她真正討人喜歡的原因並非是她的美貌，而是她的善良與愛心，甚至連小動物都喜歡她。所以我的選角標準，也是以同學能否表現出這方面的優點為主。」

珠珠！

珠珠！

　　吳慧珠聽得心頭撲通撲通跳，正
在思考着楊老師話中的含意，卻聽到
有人在喊自己的名字。怎麼回事？她
抬頭一望，只見附近的同學們都以無
比羨慕的目光望着她。

文樂心和江小柔更是欣喜若狂地
抓住她的手，起勁地搖晃：「珠珠，
你成功啦，恭喜你啊！」

「看，我就説嘛，這不是選美而是選女主角，當然是要挑實力派啦！」謝海詩托了托眼鏡，擺出一副料事如神的樣子。

看到此情此景，吳慧珠總算意識到自己真的被老師選中了，但她還是有些不敢相信，不停疑惑地喃喃自語：「真的嗎？是真的嗎？」，直到周會結束，楊老師私下來找著她再說了一遍，並告知她首次排練的時間後，她才有了較真實的感覺。

吳慧珠帶着一種飄飄然的感覺回到教室，人還沒有站定，黃子祺便像一陣風似地跑到她面前，把她嚇了一大跳，擔心他不知要幹什麼，卻見他忽然很紳士地向自己彎腰行了一個禮，笑嘻嘻地說：「參見公主！」

吳慧珠哪曾受過如此禮遇？忙受寵若驚地揪着校服裙子向他回了一個大禮。

　　一直在互相嘔氣的兩個人，相視而笑，近月來的積怨瞬即一筆勾消。

　　此刻的吳慧珠自信心是前所未有的高漲，她終於相信自己必定能把白雪公主演好，一定可以！

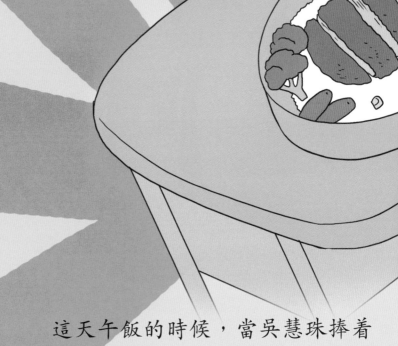

第十一章 最漂亮的公主

這天午飯的時候，當吳慧珠捧着
盛得滿滿的餐盒回到座位，用筷子夾
起一片豬排正欲放進嘴裏時，身後突

然有人一把箍住了她的手，然後把嘴
巴湊過來，硬生生將她那片快要到嘴
的豬排一口吃掉。

吳慧珠生氣地扭頭一看，發現這人是謝海詩，一怔問：「海詩你為什麼偷吃我的飯？你自己不是也有嗎？」

謝海詩一臉滋味地舔了舔舌頭，堂而皇之地笑說：「我這是為你好！下個月你便要演白雪公主了，這種脂肪含量高的食物還是少吃為妙！」

吳慧珠嘟起了小嘴道：「什麼嘛，楊老師不是說過外貌不重要嗎？我為

什麼還要節食？」

　　文樂心也苦口婆心地規勸：「珠珠，你現在可是白雪公主，縱使不必刻意瘦身，但起碼也要保持現狀吧？如果你再不節制一下，要是長胖了穿不下漂亮的戲服該如何是好？」

黃子祺「哧」聲掩嘴偷笑道：「如此一來，珠珠就可以成為有史以來最胖的白雪公主，說不定還能打入健力士世界紀錄大全啊，呵呵！」

吳慧珠明知黃子祺是故意要氣自己，於是索性不理會他，但心裏其實也覺得他們說的話蠻有道理，故此打從這天開始，她不但堅持每餐都只吃八成飽，也乖乖的每天提早半小時回校跑步，務求能以最佳的狀態示人。

在她努力不懈地堅持了整整一個月後，她的體重不但能維持水平，而且還意外地消減了兩公斤，令她喜出望外。

到了七月的第一個周末，英語話劇《白雪公主》終於正式上演了。

這天的吳慧珠彷彿變成另外一個

人似的，那張原本有點胖胖的臉龐，
在吳媽媽巧手的化妝技術修飾下，眨
眼間變得清瘦了許多；身上那襲蓬鬆

鬆的公主長裙，把她略胖的身軀全部掩蓋住，令她看起來苗條得多；再加上頭上那個火紅的大蝴蝶結，把她的膚色映襯得一片紅豔豔的，看起來也頗有幾分公主的風采。

　　當她站在台前表情豐富地唸着流利的英語對白時，那一顰一笑，實實在在地打動了每個人的心。台下同學們那一陣接着一陣的掌聲，同樣震撼着吳慧珠，一種久違了的被認同的感

覺瞬間脹滿心窩，把她心中殘存的一
絲自卑感都趕跑了。

　　認識吳慧珠的同學們看到眼前這

個自信滿滿的她，都不禁看得目瞪口呆，一個個爭相向旁人介紹道：「扮演白雪公主的女生是我們班的呢，漂亮吧？」

文樂心目不轉睛地盯着吳慧珠，嘖嘖稱奇地道：「怎麼我好像有一種白雪公主親臨的感覺呢？」

黃子祺更是滿心疑惑地指着台上的她喊：「天啊，你們確定站在

台上的這個女生真的就是吳慧珠嗎？不會是楊老師臨時換人了吧？」

謝海詩饒有深意地瞟了他一眼，歪着嘴角笑問：「怎麼樣？你是不是覺得她是最漂亮的白雪公主呢？」

黃子祺還未及回話，周志明已經大呼小叫地嚷道：「哎喲，黃子祺你被吳慧珠迷住了嗎？」

　　被他們這樣一唱一和，黃子祺的

臉頰頓時像火燒般炙熱，但謝海詩是

女生，他不敢對她怎麼樣，只好掄起

拳頭，惡狠狠地回頭盯着周志明說：

「你找死嗎？」

　　周志明當然不會坐以待斃，急忙

彈起身來，嘻嘻笑着轉身跑出禮堂，
黃子祺立時緊追其後。

謝海詩望着他們雙雙跑出禮堂的背影，樂得拍手笑道：「嘿嘿，終於讓他們見識到我們珠珠的魅力了吧？看誰還敢再小看她！」

第十二章 吃得是福

隔天早上，吳慧珠如常地背着書包上學去。當她剛跨步進教室時，忽然聽得「啵」的一聲巨響，一些不知名的東西直朝她的臉上飛過來，她下意識地往後急退，正要看清楚是什麼回事時，一陣嘻嘻哈哈的笑聲已響徹教室。

　　文樂心和謝海詩隨即出現在她的面前，歡天喜地的說：「恭喜你演出成功啊！」

　　原來她們剛才是在放紙拉炮為她慶祝呢！

　　吳慧珠抬眼望着七彩繽紛的紙碎

在教室內漫天飛揚，既驚且喜地道：「哎呀，你們在教室裏放紙拉炮，不怕會挨罵嗎？」

「放心吧，我們已經徵得徐老師的同意，等一下早會時她也會加入一起慶祝呢！」文樂心笑咪咪地解釋着。

這時，江小柔把一個只有巴掌大的蛋糕放在她面前，溫柔地笑笑道：「雖然這個蛋糕比較小，但是我和媽媽一起做的，請笑納啊！」

「還有這些啊！」站在教師桌前的高立民略為挪開腳步，然後把手往身後的桌子一揚，只見桌子上竟然放滿了薯片、雞腿和香腸菠蘿等美味小吃，立時引得吳慧珠食指大動。

吳慧珠看着眼前一連串的驚喜，萬分感動地向同學們微笑鞠躬道：「很感謝大家一直的支持和鼓勵，我本來還在思量着該如何答謝大家，沒想到卻被你們搶先了一步。」

高立民腦筋一動，提議說：「其實要答謝我們也很容易啊，你的出色演技我們到現在還有點意猶未盡，不如你即席演一段《白雪公主》給我們看作為報答吧，好嗎？」

吳慧珠不由一怔，問：「你想我演哪一段？」

高立民笑嘻嘻地回答：「當然就是白馬王子英雄救美的那一段啦！」

吳慧珠意識到他是在故意要捉弄她，正想提出反對，不知就裏的胡直卻已經插嘴問：「那麼該由誰來當白馬王子？」

　　周志明立即搶着答：「黃子祺吧！」

黃子祺臉容一僵，張嘴正要說什麼，吳慧珠已經搶先拒絕：「才不要啦！」

　　她衝高立民、黃子祺和周志明等人做了一個鬼臉，也不再理會他們，便毫不猶豫地張開嘴巴，把江小柔送給她的小蛋糕放進嘴裏，有滋有味地吃了起來。

　　黃子祺雖然也不願意跟吳慧珠搭檔，但自己被吳慧珠嫌棄，心中總是有點不爽，於是立刻來個大反擊：「你果然是最能吃的公主啊！不是說要瘦身嗎？怎麼又在大吃大喝了？」

吳慧珠白他一眼道：「話劇已經演完了，還瘦什麼身啊？」

黃子祺大搖其頭道：「瞧你這副吃相，難道就不怕會打回原形嗎？」

經此一役後，吳慧珠其實早就想開了。即使自己再也無法變回小時候那個人見人愛的樣子，但她深信只要自己好好努力，便必定能憑實力贏得別人的尊重。

吳慧珠饒有深意地一牽嘴角，朝他嫣然一笑說：「怕什麼？吃得是福呢！」

黃子祺看傻了眼，腦筋也被她

弄糊塗了，撓着頭小聲呢喃：「我取
笑她胖，她還如此樂滋滋的幹什麼？
難道現在的審美標準是越胖越好看
嗎？」

鬥嘴一班
最佳女主角

作　　者：卓瑩
插　　圖：Chiki Wong
責任編輯：張可靜
美術設計：李成宇
出　　版：新雅文化事業有限公司
　　　　　香港英皇道 499 號北角工業大廈 18 樓
　　　　　電話：(852) 2138 7998
　　　　　傳真：(852) 2597 4003
　　　　　網址：http://www.sunya.com.hk
　　　　　電郵：marketing@sunya.com.hk
發　　行：香港聯合書刊物流有限公司
　　　　　香港荃灣德士古道 220-248 號荃灣工業中心 16 樓
　　　　　電話：(852) 2150 2100
　　　　　傳真：(852) 2407 3062
　　　　　電郵：info@suplogistics.com.hk
印　　刷：中華商務彩色印刷有限公司
　　　　　香港新界大埔汀麗路 36 號
版　　次：二〇一七年四月初版
　　　　　二〇二二年十一月第七次印刷

ISBN: 978-962-08-6761-3
© 2017 Sun Ya Publications (HK) Ltd.
18/F, North Point Industrial Building, 499 King's Road, Hong Kong
Published in Hong Kong SAR, China
Printed in China